Annette Roeder

DIE KRUMPFLINGE

Egon zieht ein!

Annette Roeder

DIE KRUMPFLINGE

Egon zieht ein!

Band 1

Mit Illustrationen von
Barbara Korthues

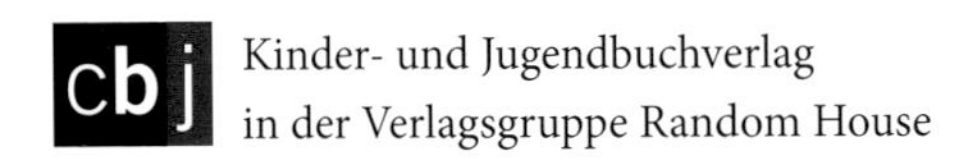

Weitere Abenteuer von Egon Krumpfling und seinem Freund Albi Artich hat die Autorin Annette Roeder hier erzählt:
Die Krumpflinge – Egon wird erwischt! (ISBN 978-3-570-15859-3)
Die Krumpflinge – Egon schwänzt die Schule (ISBN 978-3-570-17090-8)
Die Krumpflinge – Egon taucht ab! (ISBN 978-3-570-17123-3)
Die Krumpflinge – Egon rettet die Krumpfburg (ISBN 978-3-570-17262-9)

Verlagsgruppe Random House FSC® N001967

6. Auflage

Vermittelt durch die Literarische Agentur Barbara Küper
Umschlag und Innenillustrationen: Barbara Korthues
Serienlogo: Barbara Korthues
Lektorat: Hjördis Fremgen
hf · Herstellung: AJ
Satz und Reproduktion: Lorenz & Zeller, Inning a. A.
Druck: Grafisches Centrum Cuno, Calbe
ISBN 978-3-570-15858-6
Printed in Germany

www.cbj-verlag.de

Inhaltsverzeichnis

Aus Albis Freundebuch

Vorname: Egon

Nachname: Krumpfling

Haare: babyspinatgrün und überall am Körper

Augen: glupschig

Größe: 17,3 cm, wenn ich mich strecke

Besondere Merkmale: herzförmiger Fleck rechts auf der Brust

Das bin ich:

ganz schön, gell?!

Familie: ungefähr 49 Krumpflinge, wir sind alle miteinander verwandt

Ich wohne: Krumpfburg Nr. 22, in der roten Kindergießkanne mit den weißen Punkten (der Skistiefel wär mir lieber)

Alter: weiß ich nicht, aber ich bin der Jüngste der Krumpfling-Sippe

Lieblingsessen: Schimmelpilze mit Semmelknödeln

Lieblingsgetränk: frisch gebrühter Krumpftee (am gernsten den aus Albis Schimpfwörtern)

Was mir gar nicht schmeckt: lol-Brause, bäh, da muss ich pupsen

Meine Hobbys: andere ärgern (aber so, dass sie nicht weinen müssen), schlafen, Teelöffel-Hockey spielen

Was ich einmal werden möchte: Dieb oder Ganove

Wovor ich Angst habe: Hunde und manchmal Oma Krumpfling

Meine besten Freunde: Albert Artich und sonst keiner

4

Egon Krumpfling hat es schwer

Egon Krumpfling hatte es nicht leicht. Er war der jüngste der Krumpflinge und deshalb war er auch der kleinste – nämlich so groß wie ein Bleistift oder eine Gabel. Außerdem leuchtete auf seinem Brustfell dieser hellgrüne Fleck, der zufällig genau wie ein Herz aussah. Wegen dieses Flecks lachten die anderen Egon aus und schrien ihm immer „Herzchenfleck-Krumpfling-schreck" hinterher.

Auch sonst benahmen sich die anderen Krumpflinge nicht besonders nett gegenüber Egon: Meistens bekam er nur einen murmelkleinen Semmelknödel zu seinem Lieblingsessen, den Schimmelpilzen. Und seinen Krumpftee musste er aus einem angeschlagenen Eierbecher schlürfen. Alle Krumpflinge waren ganz wild auf diesen Tee. Er wurde aus leckeren Menschenschimpfwörtern aufgebrüht, die sie vom alten Herrn Artich ernten konnten. Diese Wörter wurden getrocknet und dann zu Teekrümeln zerstoßen. Im hintersten Keller von Herrn Artichs heruntergekommener Villa hatten die Krumpflinge ihre Burg in einem Haufen Gerümpel eingerichtet. Und weil der alte Mann oben den ganzen Tag vor sich hin stänkerte, hatte es bisher immer genug Tee für alle gegeben. Trotzdem geizte Oma Krumpfling damit herum. Wenn sie Egon ein paar Schlucke von dem leckeren Getränk zuteilte, balancierte er seinen Eierbecher schnell in seine Behausung. Dort trank ihm wenigstens niemand etwas weg. Seit dem letzten Teelöffel-Hockeyturnier – das war das, bei dem Egon vier Eigentore geschossen hatte – wohnte er zur Strafe nämlich in der Kindergießkanne. Dabei gab es in der Krumpfburg viel gemütlichere Höhlen!

Nur der rostige Olivenölkanister von Dusselkurt war schlimmer, denn der stank nach ranzigem Öl. Aber Dusselkurt war ja auch der Müllmann der Krumpfling-Sippe. Er musste die ungenießbaren Krumpfteekrümel, die nach dem Aufbrühen übrig blieben, nach draußen auf den Kompost bringen. „Wenn du erst ein vernünftiger Krumpfling geworden bist, darfst du in den linken Skistiefel Größe 48 ziehen", versprach Oma Krumpfling Egon, wenn sie eine ihrer freundlichen Minuten hatte. In den restlichen, unfreundlichen Stunden schimpfte sie mit Egon. Dann sagte sie: „Tz, tz, tz, was bist du doch für ein Dummtropf!" oder „Birnbaumblattundkäsekuchen, stell dich nicht so deppelig an!" oder „Aus dir wird nie etwas, du Batzbrezel!".

Oma Krumpfling, das Oberhaupt der Sippe, schimpfte überhaupt ziemlich gerne. Es war neben Handyspielen und Handtaschensammeln so etwas wie ein Hobby von ihr. Und Egon war ihr bevorzugtes Schimpfziel, weil er eigentlich viel zu lieb war für einen Krumpfling.

Beim Streicheaushecken stellte sich Egon wirklich nicht geschickt an. Die anderen taten ihm immer gleich leid. Da konnte er sich noch so sehr bemühen, richtig böse und gemein zu sein!

Egon hatte es also tatsächlich nicht leicht, doch dann passierte plötzlich etwas … wie so oft im Leben, wenn man sicher ist, dass sich nichts jemals ändern wird. Egon bekam nämlich die Gelegenheit, den Krumpflingen zu beweisen, was alles in ihm steckte!

Aufregung bei den Krumpflingen

An einem schönen Tag im Frühling herrschte große Aufregung in der Krumpfburg. Nur Egon hockte reglos in seiner Gießkanne, die etwas erhöht an einem Garderobenständer hing. Von hier aus hatte Egon einen guten Überblick. Er sah, wie die anderen Krumpflinge zum Hauptplatz wuselten. Den Grund für den Auflauf kannte er bereits: Neue Menschen zogen gerade über ihnen in die Villa ein!

Der alte Herr Artich war vor ein paar Wochen auf eine warme Insel ausgewandert. Seitdem der Griesgram weg war, hatte es keine frischen Schimpfwörter mehr gegeben. Weshalb die Dose, in der Oma Krumpfling das Krumpftee-pulver aufbewahrte, nun fast leer war.
Doch ab heute sollte alles anders werden! Herrn Artichs Großneffe Bertram wollte jetzt mit seiner Frau Rosalie in dem Haus seiner Vorfahren leben. Was das Beste war – die beiden hatten einen kleinen Sohn.
Und das weiß ja jeder Krumpfling: Wo ein Kind ist und Eltern dazu, da wird ordentlich geschimpft.
Als Egon an die leckeren Schimpfwörter dachte, lief ihm das Wasser im Maul zusammen … In Kürze schon würde in Oma Krumpflings Kanne wieder genug Tee für alle sein!
Auch für ihn!
Egon spitzte die Löffelöhrchen ganz fest und drückte seine runden Glupschaugen an den Ausguss seiner Gießkanne, um nur ja nichts zu verpassen, was draußen vor sich ging. Alle

Krumpflinge quetschten sich um Oma Krumpfling. Die Zwillinge Zwurz und Zara zwickten sich gegenseitig in die Bäuche, um einen besseren Platz zu bekommen. Oma Krumpfling presste ihr Ohr an den Duschkopf und zischte immer wieder „Pssscht!“.

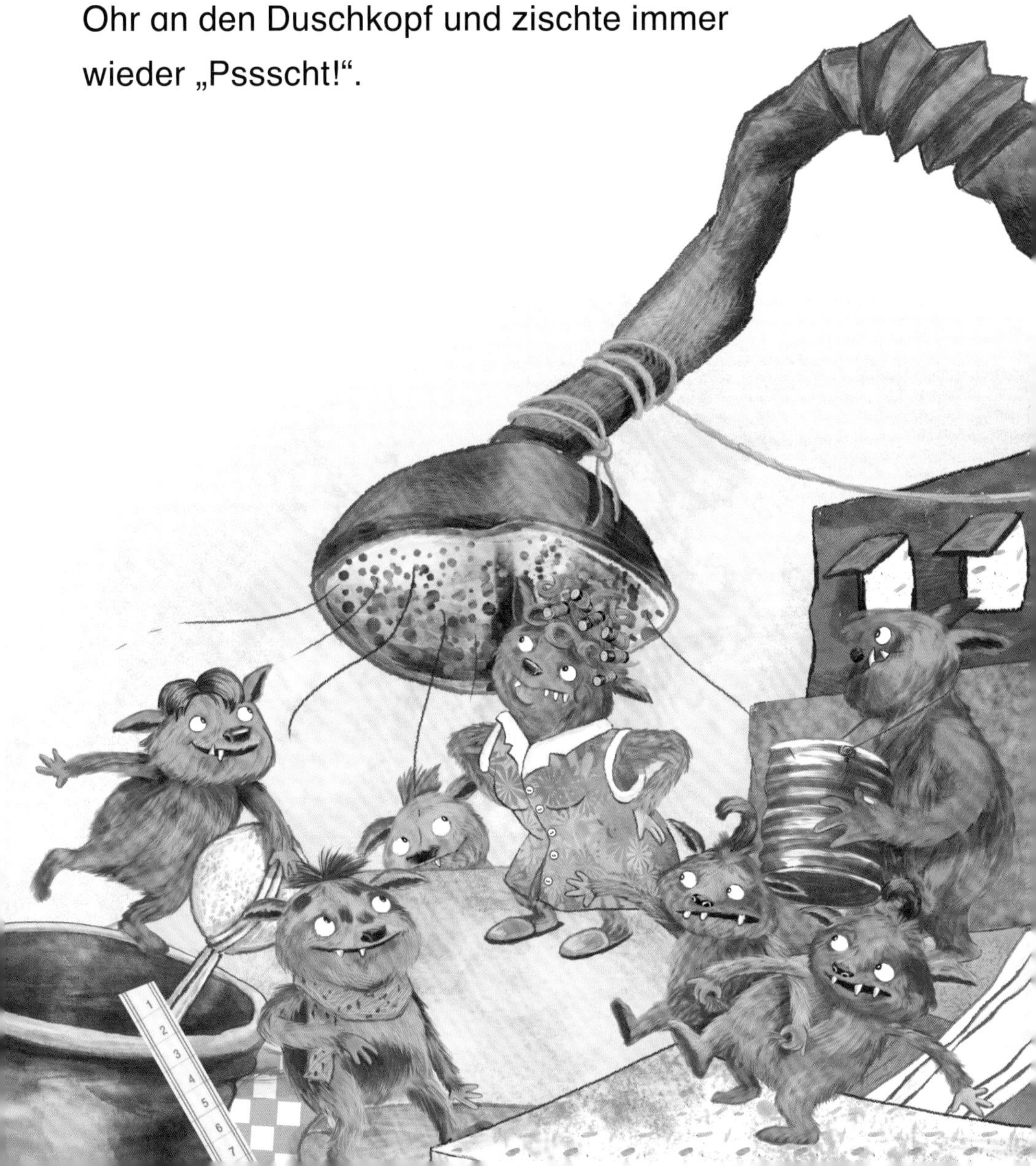

Der Duschkopf war über ein Rohr mit allen Wasserleitungen der Villa verbunden. Durch ihn konnten die Krumpflinge lauschen, was bei den Menschen geschah – wie durch eine Sprechanlage. Sie mussten nur rechtzeitig den Wasserhahn zudrehen, wenn oben jemand das Wasser aufdrehte. Aber die meiste Zeit konnten sie durch den Duschkopf frische Schimpfwörter sammeln. Deswegen hielt Oma Krumpfling jetzt auch schon einen großen Eimer für die ersten Köstlichkeiten in der rechten Pfote. Mit der linken kratzte sie sich den Bauch unter ihrer geblümten Kittelschürze. Egon schleckte sich über die Schnauze und versuchte, aus Oma Krumpflings Gesicht abzulesen, was sie Schönes hörte.
Doch plötzlich wurde ihr Nasenfell fliegenpilzrot. Das war kein gutes Zeichen. Auch den anderen Krumpflingen fiel auf, dass etwas nicht stimmte, und das bisher freudige Gemurmel verstummte. Oma Krumpfling wurde nun langsam gallegelb. „Was sagen unsere neuen Menschen?“, fragte der Schleimer Schorschi. Er war Omas Liebling.

Oma Krumpfling ließ den Eimer fallen und schlug die Pfoten über dem Kopf zusammen. Die kleinen Batterien, die sie als Lockenwickler in ihre dünnen Haare gedreht hatte, klackerten dabei laut gegeneinander.

„Pfui Krumpfling, was für ein Unglück!“, rief sie entsetzt. „KAKAO!“

Ein neues Zuhause für Albert Artich

„So ein Kack …“, war es Albi herausgerutscht, als ihm die Lego-Schachtel aus der Hand fiel. Doch seine Mutter hatte sofort hinzugefügt: „… KA-O! Kakao.“
Sie stemmte die Arme in die Hüften und sagte streng: „Albert Artich, du weißt, dass ich kein schlimmeres Wort als Kakao in unserem Haus hören möchte. Wir heißen Artich und …“
„… sind artig“, vollendete Albi brav den Satz.
Dann bückte er sich, um die 598 Legosteine wieder einzusammeln.
„Wenn du deine Spielsachen fertig aufgeräumt hast, darfst du dir den Garten ansehen. Mach dich nur nicht schmutzig dabei!“
Rosalie Artich sah sich unglücklich im Kinderzimmer um und seufzte.

„Es wird Wochen dauern, bis ich hier alles frisch gestrichen habe! Ein Neubau wäre mir wirklich lieber gewesen, als dieses heruntergekommene Haus. Aber auf mich hört man ja nicht.“
Dann gab sie Albi einen Kuss auf die Stirn und ging nach unten.
Albi sortierte die Legosteine zurück in die Plastikbox. Danach baute er seine Autosammlung auf und stellte die Bücher ins Regal. Dabei achtete er darauf, dass die blauen Buchrücken bei den blauen standen und die roten bei den roten und die gelben bei den gelben. Sein Freundebuch legte er in ein eigenes Fach, denn es war grün eingebunden. Als Nächstes zog er seinen Stoffaffen Antek aus der Umzugskiste und versteckte ihn unter dem Kopfkissen. Albi fand sich eigent-

lich zu alt dafür, mit Antek im Bett zu schlafen. Schließlich war er jetzt schon ein Schulkind! Und vielleicht würde er hier in der neuen Stadt ja endlich Freunde finden. Die sollten dann nicht denken, dass er noch mit Stofftieren spielte.
Man muss wissen, dass Albi eines von den Kindern war, die in ihrem Freundebuch nur zwei Einträge haben: den von Mama und den von Papa. Aber das würde sich hier bestimmt ändern.
Zum Schluss rückte er die gläserne Schneekugel genau in die Mitte seines Nachtkästchens. Dann lief Albi los, um sich den Garten anzusehen.
Im Treppenhaus wäre er fast gegen seinen Vater gestoßen, der ächzend ein Badezimmerregal nach oben schleppte.
„Ich wollte gerade nach draußen!“, entschuldigte sich Albi. „Oder soll ich dir lieber helfen?“

Bertram Artich zwinkerte seinem Sohn zu und sagte: „Nein danke, ich schaff das schon. Schau du mal nach, ob die alte Laube noch steht. Als kleiner Junge habe ich mich dort unter dem Tisch immer vor Großonkel Arthur versteckt, damit er nicht mit mir schimpfen konnte.“
Albi wusste nicht genau, was eine Laube war, aber er fragte lieber nicht, sonst würde sein Papa ihm einen langen Vortrag halten.

Kurz darauf entdeckte Albi am Ende der Wiese ein verwittertes Gartenhäuschen aus geschnitzten Brettern. Hinter dem offenen Durchgang lag ein kleiner Raum mit unverglasten Fensterchen nach allen Seiten. Darin standen eine Bank und

ein Tisch. Doch bevor Albi das Innere der Laube weiter erkunden konnte, hörte er plötzlich Kindergeschrei: „Fang mich, Bruno, fang mich!“
Albi schaute aus dem kleinen Fenster auf der Rückseite der Laube. Im Nachbarsgarten rannte ein Mädchen in seinem Alter vorbei. Ein etwas kleinerer Junge sauste hinter ihr her.
Das waren Lulu und Bruno, die zwei jüngsten Kinder der Familie Vogelsang. Beide waren in Socken unterwegs. Jetzt hielt sich Lulu keuchend an einem Schaukelgestell fest und rief: „Spielstopp!“ Dabei winkte sie Albi fröhlich zu. Sie hatte ihn nämlich sofort bemerkt.
Albi lächelte und winkte zurück. Er mochte die Laube, sein neues Zuhause – und er mochte die Nachbarskinder!

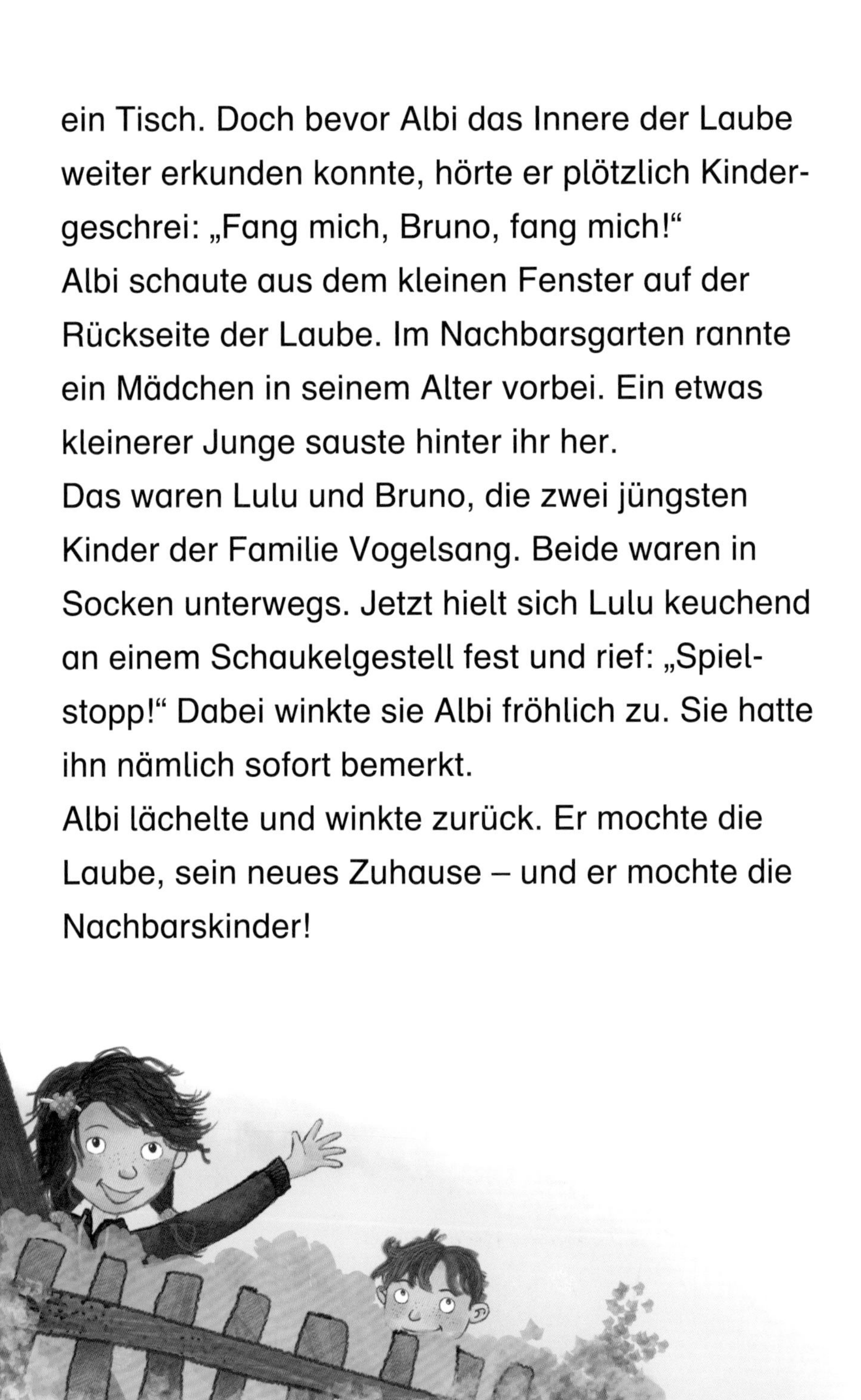

Egon meldet sich freiwillig

Ungefähr zwei Wochen später brühte sich Oma Krumpfling aus den allerletzten Bröselchen eine Kanne Krumpftee auf.
Das heiße Getränk war dünn und schmeckte kaum noch nach Schimpfwörtern. Oma Krumpfling trank trotzdem, bis kein Tröpfchen mehr in ihrer Tasse war. Dann rülpste sie laut und dachte nach. Es war genau so, wie sie befürchtet hatte: Die neuen Bewohner hatten ein schreckliches Unglück über die Krumpfling-Sippe gebracht. In den letzten 14 Tagen war kein einziges böses Wort gefallen, das Oma Krumpfling hätte ernten können.
Krumpflinge können ohne Krumpftee überleben, das war nicht das Problem. Sie essen Pilze in jeder Form und zur Not trinken sie auch Wasser. Doch ohne ihren Krumpftee bekommen sie

schrecklich schlechte Laune. Das ist ungefähr so, wie wenn ein Menschenkind immer nur gesundes Gemüse, aber niemals Schokolade oder Pfannkuchen mit Zimt und Zucker oder ein Glas Limonade bekommen würde.
Die Stimmung in der Krumpfburg wurde deshalb immer schlechter. Es musste endlich etwas geschehen!
Schwerfällig kletterte Oma Krumpfling aus ihrer Handtasche, in der sie wohnte. Auf dem Taschenrand blieb sie sitzen und läutete dreimal die Fahrradklingel, die am Henkel angeschraubt war. Das war das Zeichen für die Krumpflinge, dass sich die ganze Sippe versammeln sollte. Sofort strömten die Krumpflinge von allen Seiten zum Hauptplatz in der Mitte der Krumpfburg. Nachdem sich endlich alle hingesetzt hatten, donnerte Oma Krumpfling: „Ruhe!“
Das Gemurmel verstummte, und Oma begann mit ihrer Ansprache:
„Krumpflinge, so geht es nicht weiter!“
49 Krumpflinge klatschten Beifall und pfiffen.

„Wir brauchen neue Teevorräte!“, fuhr Oma Krumpfling fort.
Das Klatschen wurde lauter.
„Wie bekommen wir die?“, fragte sie nun in die Runde.
„Wenn die Menschen oben schimpfen!“, krähte Zwurz.

Oma Krumpfling nickte. „Richtig. Und wie bekommen wir die Menschen dazu, zu schimpfen?“
Die Krumpflinge schauten sich ratlos an.
„Indem wir sie ärgern, natürlich!“, kreischte Schorschi.
„Sehr gut, Schorschi!“, lobte Oma Krumpfling.
Erneut ertönte donnernder Applaus, bis Oma Krumpfling sagte: „Dann ist ja alles klar. Einer von uns zieht rauf zu den Artichs und macht Ärger. Freiwillige vor.“

Auf einen Schlag wurde es still. Mucks-mäuschenstill. Man hätte sogar das Niesen einer Kellerassel hören können. Zu den Menschen gehen – das wollte natürlich keiner. Da gab es Rattenfallen und Hunde!
Alle schauten auf Schorschi. Er war auf die Idee gekommen, also musste er sich jetzt auch melden. Doch Schorschi schob die Pfoten fest unter seinen Popo und presste das Maul zusammen.
In das Schweigen hinein sagte Egon Krumpfling mit dünner Stimme: „ICH werde oben für Stunk sorgen."
Und dann erschrak er ganz furchtbar – über seinen Mut!

Egon zieht nach oben

Als er mit dem hellblauen Kindergeldbeutel mit den weißen Punkten, den ihm Oma Krumpfling als Reisetasche gepackt hatte, aus dem Kohlenkeller schlich, fühlte sich Egon schrecklich klein. Viel kleiner noch als ein Bleistift oder eine Gabel. Bisher hatte er sein Zuhause immer nur mit seiner Klasse und Professor Honigschwamm verlassen. Der Lehrer der Krumpflinge machte regelmäßig Ausflüge mit den Schülern. Der Krumpflingsnachwuchs musste schließlich etwas über die Menschen lernen. Doch wenn man alleine unterwegs ist, sieht plötzlich alles viel gefährlicher aus.
Egon huschte die Treppe hinauf und lauschte. Im Garten spielten Albert und sein Vater Federball. Nachdem Egon sein Gepäck hinter Herrn Artichs Aktentasche verstaut hatte, wieselte er

unbemerkt durch die offene Terrassentür nach draußen und versteckte sich schnell im Gebüsch. Dort wollte er warten, bis sein Herz – also sein echtes Krumpfling-Herz, nicht der Fleck im Fell – nicht mehr ganz so wild klopfte.

Plötzlich machte es PLOPP. Direkt auf Egons Kopf war der Federball gelandet, den Albi nicht mehr erwischt hatte. Das war die Gelegenheit! Schnell stopfte Egon den Federball in ein Mauseloch, schaufelte einen Haufen Laub und Erde darüber und verkroch sich selbst in einer Farnpflanze. Der Vorteil von Krumpflingen ist, dass sie sich wie ein Chamäleon ihrer Umgebung anpassen können und dadurch beinahe unsichtbar werden.

Albert und Bertram Artich suchten wie verrückt. „Kakadu. Man könnte meinen, der Federball wäre vom Erdboden verschluckt“, sagte Albi irgendwann verzweifelt.
Doch sein Vater tröstete ihn: „Nach dem Massenerhaltungssatz ist das eigentlich nicht möglich. Trotzdem. Morgen nach der Arbeit bringe ich dir einen neuen mit.“
Und dann spielten sie „Ich-sehe-was-das-du-nicht-siehst“. Bei diesem Spiel kann man nicht so leicht jemanden ärgern. Zumindest nicht, wenn man nicht entdeckt werden will. Darum beschloss Egon, es als Nächstes bei Rosalie Artich zu versuchen.
Im Moment hängte sie noch Wäsche auf die Leine. Danach wollte sie für ihre Familie Zimtschnecken backen. Das hatte sie ihren beiden Bertis zugerufen, als sie mit dem Wäschekorb in den Garten kam.
Egon wuselte also schnell ins Haus zurück in die Küche. Hier gäbe es sicher jede Menge Möglichkeiten, um Frau Artich zu ärgern!

Mit einem großen Satz hüpfte Egon ins leere Spülbecken und beugte sich über den Ausguss. „Hallo, Oma Krumpfling! Kannst du mich hören?“, fragte er leise.
„Natürlich!“, brüllte Oma Krumpfling so laut, dass Egon zusammenzuckte und sich das Ohr zuhielt. „Gleich gibt‘s die erste Schimpfe“, sagte Egon. „Hältst du den Eimer bereit?“
„Natürlich, du Quatschquark!“, brüllte Oma Krumpfling noch lauter. „Und jetzt quassel nicht, sondern tu was!“

Egon sah sich auf der Arbeitsfläche um. Durch das geöffnete Fenster schien die Frühlingssonne auf ein aufgeschlagenes Kochbuch. In ihre warmen Strahlen hatte Rosalie Artich schon alles bereitgestellt, was sie zum Backen brauchte: eine Schüssel Dinkelmehl, Milch in einer Glasflasche, ein Ei, ein Schälchen Zimtzucker und ein großes Stück Butter. Daneben lag ein Würfelchen Hefe, das lecker nach Hefepilzen roch. Egon wollte gerade davon naschen, da hörte er Oma Krumpflings Stimme aus dem Ausguss:
„Beeil dich, Schnarchschnautze!
Wir WARTEN!“

Egons erster Streich

Mit großer Mühe kippte Egon als Erstes die schwere Mehlschüssel um. Ein Teil des Inhalts verteilte sich auf der Arbeitsfläche und ihn selbst. Der Rest des Mehls schneite auf den Küchenboden. Ob das schon genügte? Sicherheitshalber wollte er noch das Ei kaputt machen. Egon ließ es auf die offenen Seiten des Kochbuchs fallen. Nichts passierte. Er versuchte es noch einmal. Wieder nichts. Schließlich legte er das Ei in die Buchmitte und setzte sich mit viel Schwung darauf. Hurra! Endlich knackte die Schale!
Als Egon wieder aufstand, tropfte jedoch der ganze Mehl-Ei-Matsch von seinem Popo. Er riss einen Fetzen von der Rolle mit dem Küchenpapier, um sich abzuputzen. Doch ausgerechnet in diesem Moment hörte er Schritte in der Diele. Egon wollte schleunigst davonrennen, doch da

rutschte er in dem glitschigen Eiweiß aus. Um Halt zu finden, griff er nach der Milchflasche. Die kippte dabei um, rollte von der Arbeitsfläche und zerschepperte mit einem lauten Klirren auf dem Boden. Egon platschte dabei bäuchlings in die weiche Butter. Er rappelte sich auf, stolperte in seiner Panik aber dann kopfüber in das Schälchen mit dem Zimtzucker.
Die Küchentür sprang auf und Familie Artich stürmte herein. Alle drei hatten den merkwürdigen Lärm in der Küche gehört! In letzter Sekunde gelang es Egon, sich hinter einem Topf Basilikum zu verstecken.

Er hielt sich die Augen zu. Die armen Artichs taten ihm schrecklich leid. So gemein hatte er doch gar nicht sein wollen! Aber wenigstens würde Oma Krumpfling stolz auf ihn sein, wenn sie jetzt gleich eine große Portion schön schrecklicher Wörter in ihren Eimer sammeln konnte. Doch nichts dergleichen geschah.
„Oha!“, flüsterte Rosalie Artich.
„Ein Windzug muss das Fenster aufgerissen haben“, versuchte Bertram das Chaos zu erklären.
Albi sagte nichts, sondern holte schon einmal Schaufel und Besen. Er war wirklich ein ungewöhnliches Kind.
Nachdem Familie Artich gemeinsam alles aufgeräumt hatte, schlug Bertram vor: „Aus den Zimtschnecken wird wohl heute nichts. Wisst ihr was? Dafür lade ich euch jetzt zu einer Sahnetorte ins ‚Café Glöckchen‘ ein!“

Egon atmete auf, als er endlich allein im Haus war. Die getrocknete Buttereierzuckerzimtkruste

ziepte nämlich ziemlich unangenehm in seinem Fell. Er hoppelte zum Spülbecken, um sich erst mal ein Bad einzulassen. Danach wollte er in Ruhe über einen besseren Plan nachdenken.
Währenddessen saß Oma Krumpfling unten am Duschkopf und wartete auf Neuigkeiten. Oben war es so still. Nur manchmal gluckerte es.

Was machte dieser Trottelolm Egon denn bloß? Oma Krumpflings Augenlider wurden schwer, dann fielen sie zu.
Die Chefin der Krumpflinge war gerade eingenickt und träumte von einer Blumenvase voller Krumpftee, da schoss plötzlich ein Riesenschwall schmutziges Wasser aus dem Duschkopf. Egon hatte in der Küche den Stöpsel aus dem Ausguss gezogen – dabei war im Keller doch die Leitung aufgedreht!
Oma Krumpfling wurde von Kopf bis zu den Pantoffeln klitschnass. Ihre schönen Locken hingen wie Schnittlauch in die Glupschaugen. Die Krumpflinge, die zufällig in der Nähe standen und das Geschehen beobachtet hatten, brüllten vor Lachen – bis Oma Krumpfling sie mit einem Wutschrei zum Schweigen brachte. Sie schüttelte sich die Tropfen aus dem Fell, wartete, bis aus dem Duschkopf kein Wasser mehr nachkam, und kreischte dann hinein: „Heda, du Krumpflingskrapfen da oben! Ab jetzt befolgst du ausschließlich MEINE Anweisungen!"

13
12

Schlaflose Nächte

Egon musste bis zum späten Abend warten, bis er Omas Anweisungen ausführen konnte. Als alle Artichs das Licht gelöscht hatten, kroch er lautlos neben Rosalie auf ihr Kopfkissen. Es war kuschelig weich, aber Egon durfte jetzt selbst kein Schläfchen machen. Er sollte Rosalie ins Ohr schnarchen – so hatte es Oma Krumpfling befohlen. Denn dann würde Rosalie Artich nicht richtig schlafen können. Unausgeschlafene Mütter bekommen schlechte Laune. Und wer schlechte Laune hat, der lässt sie an anderen aus. Das behauptete jedenfalls Oma Krumpfling. Und nach Krumpfling-Regel Nr. 1 hatte Oma Krumpfling immer recht!
Also schnarchte Egon, was das Zeug hielt.
Grrsch-püh. Grrsch-pühüüh. Grrrrsch-rr-schpüüh.
Bis zum Morgengrauen. Grrrsch-pjüüüh.

Beim Frühstück gähnte Rosalie Artich hinter vorgehaltener Hand, nahm sich ausnahmsweise nicht nur einen, sondern zwei Löffel Kandiszucker in ihren Tee und sagte vorwurfsvoll zu ihrem Mann: „Du hast die ganze Nacht geschnarcht, mein Lieber!“
Bertram schaute betroffen und meinte: „Entschuldige bitte, meine Liebe. Aber ich habe nichts davon gehört.“

Nach einer weiteren Nacht mit Egon auf dem Kopfkissen, klapste Rosalie Artich beim Frühstück Albi auf die Finger, als er sich ein Stückchen Kandiszucker in den Mund stecken wollte: „Der Zucker wird nicht pur gegessen. Du weißt doch, das ist schlecht für die Zähne." Dann wandte sie sich Bertram zu. „Und dein Geschnarche ist wirklich unerträglich."
Bertram zuckte mit den Schultern und antwortete: „Das tut mir wirklich leid, meine Liebe. Ich kann das Flattern meines Gaumensegels im Schlaf nicht steuern. Du musst mich eben rütteln."

In der dritten Nacht rüttelte Rosalie ihren Mann, immer wenn sie dieses Schnarchen hörte. Dann war kurz Stille. Trotzdem machte sie kein Auge zu, denn Egon schnarchte natürlich sofort weiter, wenn sie dabei war, wieder einzuschlafen. Grrrsch-rrr-pjüüüh.

Am dritten Morgen begrüßte Rosalie Bertram mit: „Du albtraumschlimme Rüsselnase!"

Dann schlug sie sich erschreckt die Hand vor den Mund.

„Was sind denn das für Töne aus deinem Mund, meine Liebe?“, fragte Herr Artich verwundert und gähnte selbst. In dieser Nacht hatte ihn seine Frau so oft gerüttelt, dass auch er nicht ausgeschlafen war.

Im Keller jubilierten derweil die Krumpflinge. „Albtraumschlimme Rüsselnase!“ Aus dieser Beschimpfung konnte Oma Krumpfling Krümel für eine halbe Kanne Krumpftee stampfen! Aber es wurde noch besser …

Die Artichs schimpfen lauter

Ein paar Tage später kam Albi sehr fröhlich aus der Schule, weil er eine Eins in Rechnen bekommen hatte. Pfeifend deckte er den Tisch. Seine Mutter stand am Herd und rührte mit der einen Hand in einem Karotten-Risotto. Mit der anderen Hand hielt sie ihre Stirn.

„Lass das Krachgedüdel, du Nervensäge!", wies sie ihn zurecht.

Albi hörte auf zu pfeifen – und unterdrückte eine beleidigte Antwort.

Die Schimpfwörter kamen nun schon fast ganz von alleine. Egon musste kaum noch nachhelfen.

Beim Mittagessen zog er lautlos einen Buntstift aus Albis Federmäppchen und stach mit der Spitze unter dem Tisch ganz leicht in den großen Zeh von Frau Artich. Wirklich nur ganz leicht! Doch Frau Artich fuhr heftig mit dem Fuß zurück und stieß dabei mit dem Schienbein gegen das Tischbein. Vor Schmerz ließ sie den Salzstreuer in ihren Reis fallen und rief wütend aus: „So ein Kack …!"
„… tus", ergänzte Albi schnell. „Wir heißen Artich und sind …"
„Übermüdete Stinkstiefel! Jawoll!", schimpfte Rosalie.

So schrecklich schlechte Laune hatte sie! Dann warf sie ihren Löffel neben den Teller und sagte: „Ich halte jetzt einen Mittagsschlaf. Wehe, du störst mich."

Albi erledigte schnell seine Hausaufgaben und wunderte sich, weil er den blauen Buntstift nicht finden konnte. Notgedrungen malte er den Himmel grün aus und trollte sich dann in die Laube. Da störte er wenigstens keinen. Und er konnte durch das rückseitige Fensterchen schauen, ob die Nachbarskinder im Garten waren.
Tatsächlich spielten die Geschwister Lulu und Bruno Vogelsang gerade mit einem Sofakissen

Fußball. Lulu erspähte Albis Gesicht im Fensterrahmen und rief ihm zu: „Wir brauchen einen Torwart. Magst du rüberkommen?“
Albi hätte vor Freude am liebsten jubiliert! Möglichst cool antwortete er jedoch: „Klar. Ich geb nur schnell meiner Mutter Bescheid!“
Dann rannte er zurück ins Haus.

Frau Artich hatte die Vorhänge zugezogen, lag auf dem Sofa und starrte wütend die Decke an. Nicht einmal der Mittagsschlaf gelang ihr! Denn draußen schrien diese ungezogenen Kinder der Familie Vogelsang. Außerdem kauerte Egon zwischen den Polstern und kitzelte Frau Artich immer dann unter dem Kinn, wenn sie trotz des Lärms doch am Einnicken war.

„Kommt nicht infrage!“, bestimmte Rosalie Artich, als Albi ihr von Lulus Einladung erzählte. „Ein Albert Artich spielt nicht mit solchen Rotzpoplern! Die laufen ohne Schuhe durch den Garten und kreischen den ganzen Tag wie Brüllaffen.“

Albi rannte in sein Zimmer und knallte laut die Türe zu. Jetzt platzte auch ihm der Kragen. „So eine gemeine Schimpfschnepfe“, tobte er vor sich hin. „Flunderfresse. Spinatspinne.“ Um sich zu beruhigen, begann er schließlich das 1000-Teile-Puzzle mit dem weißen Tiger in der Schneelandschaft.
Im Keller aber tanzten die Krumpflinge vor Freude im Kreis!

Egon wird gefeiert

Die Krumpftee-Vorratsdose war bald so voll, dass der Deckel nicht mehr zuging.
„Du kannst jetzt wieder in den Keller kommen!", rief Oma Krumpfling durch die Wasserleitung. „Gut gemacht."
Egon traute seinen Ohren nicht. Oma Krumpfling hatte ihn gelobt – das war noch nie passiert! Wie ein Kugelblitz rollte er in den Keller.
In der Krumpfburg wurde Egon wie ein Held empfangen. Die Krumpflinge hatten eine rote Strumpfhose vom Eingang der Krumpfburg bis zur Festhalle als Teppich für ihn ausgerollt. Daneben standen sie links und rechts aufgereiht, um Egon zu begrüßen. Dusselkurt hatte sich extra mit Spülmittel parfümiert. Und Zara zog Zwurz zurück, als der Egon ein Bein stellen wollte.

In der Festhalle, einem Leierkasten ohne Räder und Orgel, hielt Oma Krumpfling eine Rede. „Egon Krumpfling, du hast Großes für dein Volk geleistet. Na ja, ziemlich Großes. Die Idee war ja schließlich von mir … Äh, was wollte ich sagen?“ Sie kratzte sich zwischen den Nähmaschinenspulen, die sie heute als Lockenwickler trug. Professor Honigschwamm flüsterte ihr die richtigen Worte zu.
„Genau“, sagte Oma Krumpfling. „Hoch sollst du leben! Dreimal hoch!“
Alle Krumpflinge grölten: „Hoch, höher, aus dem Dach hinaus!“
Dazu warfen Dusselkurt und die kräftige Netti, die beiden stärksten Krumpflinge, Egon dreimal in die Luft – bis er beim dritten Mal gegen die Hallendecke knallte.

Dann bekam er Schimmelpilze und dazu einen Semmelknödel, der so groß wie ein Tischtennisball war, und einen richtigen Becher randvoll mit frischem Krumpftee.
Die Krumpflinge prosteten ihm zu und ließen die vollen Tassen gegeneinanderklirren. Der fiese Zwurz stieß dabei seine Tasse so fest gegen Egons Porzellanbecher, dass dessen Henkel abbrach.
Kichernd entschuldigte sich Zwurz: „War reine Absicht, Herzilein!“
Aber als Oma Krumpfling Egon nach dem Fest dann auch noch zum linken Skistiefel Größe 48 führte, war der kleine Egon der glücklichste Krumpfling der Welt.

Bertram sucht eine Lösung

Oben bei den Artichs hing der Familiensegen bald schon nicht nur schief, sondern kopfüber. Immer wenn Rosalie Artich hoffte, dass sie nun wieder besser schlafen konnte, ging das Geschnarche von Neuem los.
Das war natürlich Egon, der regelmäßig mit seiner Schlafmütze neben ihrem Ohr auf dem Kopfkissen hockte … Und zusätzlich auch noch anderen Unfug anstellte, der sie zur Weißglut brachte.

Eines Morgens stand Herr Artich mit Anzug und Krawatte in der Diele, nur seine Füße waren nackt.
„Im Schrank sind keine Socken mehr – hast du welche gesehen, meine Liebe?“, fragte er.
„Nimm doch einfach die Ketchup-Kanister von

den Augen“, antwortete Frau Artich ungeduldig und deutete mit dem Pinsel auf einen Korb frischer Wäsche, der direkt vor ihm auf dem Boden stand. „Und bei der Gelegenheit kannst du den Wäschekorb auch gleich nach oben tragen.“ Sie wollte an diesem Vormittag das Treppengeländer streichen und war gerade dabei, alles dafür herzurichten. Herr Artich zupfte vor dem Spiegel seinen Krawattenknoten zurecht.
„Keine Zeit“, murmelte er. „Gib mir doch bitte einfach meine Socken!“
Also zog Rosalie Artich eine schwarze Socke aus dem Korb und wedelte damit vor seiner Nase herum. Dann wühlte sie im Korb nach der zweiten. Aber die konnte auch sie nicht finden – weil Egon nämlich schnell aus seinem Versteck unter dem Schuhregal gewitscht war, sich die Socke geschnappt und in Herrn Artichs Schuh gestopft hatte.

„Die Socken bocken. Dann musst du wohl oder übel zwei unterschiedliche anziehen“, stellte Rosalie Artich fest und warf eine weiße Socke nach ihrem Mann.

„So eine Schlamperei! Ich habe gleich eine wichtige Besprechung mit Kollegen aus Amerika“, beschwerte sich Bertram. „Was sollen die denn von mir denken?“

„Das ist dein Problem. Wenn du dich am Haushalt beteiligen würdest, wüsstest du selbst, wo deine Käsetaschen sind“, gab Rosalie giftig zurück.

„Hört doch auf zu streiten“, bat Albi seine Eltern.

„ICH streite gar nicht. Das liegt einzig und allein an deiner Mutter. Beschwer dich bei ihr“, sagte Bertram Artich.

„Von wegen. Das liegt an dieser schimmeligen Bruchbude!“, wies Rosalie Artich die Beschuldigung von sich. „Ich wusste gleich, dass so ein Altbau eine schlechte Aura hat. Am liebsten würde ich die blöden Pinsel hier sofort in den Müll stopfen und heute noch ausziehen!“

Albi wollte wissen, was „Aura“ bedeutet.
„Deine Motzmami meint, dass unser Haus ihre schlechte Stimmung verursacht. Das ist natürlich Quallenquark …“, erklärte Bertram Artich und hüpfte auf dem rechten Bein herum, um die schwarze Socke auf den linken Fuß zu ziehen.
Egon, der hinter der Gardine zufrieden das Morgengespräch der Artichs belauschte, schubste schnell die Rolle mit Abdeckfolie vor Herrn Artichs Hüpfbein. Der verhedderte sich prompt, taumelte, ruderte mit den Armen, um das Gleichgewicht nicht zu verlieren, … und fiel dann doch um. PLATSCH! Direkt in den offenen Farbeimer, den Rosalie Artich schon vorbereitet hatte.

Bertram war mit dem Arm in der hellblauen Farbe gelandet.
„Stachelbeerstaubundmuffelmatsch!“, brüllte er.
„Schaut mich an! Jetzt bin ich blau und komme auch noch zu spät zur Sitzung.“
Er wollte auf seine Uhr sehen, doch die war unter dem himmelfarbenen Lack verschwunden.
„Welcher Dummblödel hat überhaupt den doofen Eimer mitten in den Weg gestellt?“, schrie Herr Artich nun.
„Wie hast du mich genannt? Dummblödel?“
Rosalie holte tief Luft. Und dann legte sie los:
„Seit Wochen schufte ich mich hier für dich ab … Jedes Zimmer habe ich gestrichen, weil DU zu wenig Geld für einen Maler verdienst. Und das ist der Dank? Mach doch deinen Modermist alleine! Ich gehe!“
Dann stürmte sie nach draußen. Zur Bestärkung trat sie vorher aber noch kräftig gegen den Farbeimer. Die Farbe spritzte über den Steinboden, auf Albis Schulranzen und auf Herrn Artichs Aktentasche.

Albi hielt sich die Ohren zu und begann, fürchterlich zu weinen.
Als Herr Artich das sah, erschrak er sehr. Seit sie in der Villa Artich wohnten, gab es immer häufiger Streit. Rosalie konnte das alte Haus nicht leiden. Das wusste Bertram – seine Frau hatte ihm von Anfang an gesagt, dass sie nicht dorthin ziehen wollte. Trotzdem hatte er darauf bestanden. Nachdem die Villa Artich von Bertrams Urururururgroßvater Bartholomäus gebaut worden war, hatten immer nur Artichs darin gewohnt ... Inzwischen glaubte Bertram jedoch selbst, dass der Umzug keine gute Idee gewesen war. Am Ende würde sich seine Frau

tatsächlich von ihm trennen und er könnte seinen Sohn nur noch jedes zweite Wochenende sehen. Das durfte niemals geschehen. Kein Haus der Welt war das wert!
Bertram Artich nahm Albi in den Arm, sodass der auch ganz voll blauer Farbe wurde, und sagte: „Keine Angst, mein Liebling, alles wird wieder gut. Dein Papa findet eine Lösung."
Und dann marschierte Herr Artich mit zweierlei Socken und blau getupften Schuhen nicht in sein Büro, sondern geradewegs zur Zeitung. Dort gab er schweren Herzens eine Anzeige auf:

Kleine Villa
mit großem Garten
zu verkaufen

Egon ist schuld

Rosalie Artich war sehr, sehr glücklich darüber, dass das Haus verkauft werden sollte. Noch am selben Tag, an dem die Anzeige erschienen war, standen ein Herr und eine Frau Grün vor dem Gartentor. Die beiden interessierten sich für die Villa.

Frau Artich führte das Paar durch alle Zimmer.

„Außer Vogelsang hört man hier ab-so-lut gar nichts“, erzählte Rosalie mit einem falschen Lächeln. „Sie werden hier himmlische Ruhe haben!“

Die Grüns waren hingerissen.

„Huch, wie romantisch!“, sagte Frau Grün zum Wintergarten.

„Die Leitungen wirken veraltet. Die werden wir herausreißen“, sagte Herr Grün mit Blick auf die rostigen Heizungsrohre.

Dann wollte Frau Grün noch den Keller sehen. Sogar den hintersten Kohlenkeller, in den Rosalie Artich mit ihrem Putzeimer bisher noch nicht vorgedrungen war. Den Keller der Krumpflinge.

Die Krumpflinge erstarrten vor Schreck, als plötzlich das Licht einer Taschenlampe auf ihre Burg leuchtete. Rosalie entschuldigte sich für den Verhau und versuchte die Grüns schnell aus dem Keller zu schieben. Diese Unordnung war ihr furchtbar peinlich.
Doch Frau Grün klatschte in die Hände und rief begeistert: „Großartig! Wir nehmen das Haus! Und da hinten, genau da, wo der ganze Trödel liegt, wird mein Mann die Sauna einbauen! Nicht wahr, Günther?“
„Und daneben eine Mega-Power-Düsen-Badewanne“, bestätigte Herr Grün.
Kaum waren Frau Artich und die Grüns gegangen, begannen die Krumpflinge laut zu jammern.

Eine Sauna in ihrem Keller und eine Badewanne mit Spritzdüsen ... Das bedeutete das sichere Ende der Krumpfburg!
„Und wer ist schuld daran!?“, fragte Schorschi hinterhältig. „Wer hat die Artichs vergrault?“
49 Krumpflinge deuteten sofort auf Egon und kreischten: „Herzchenfleck-Krumpflingschreck!“
Bevor der arme Egon einmal mit den Glupschaugen blinzeln konnte, hatte Oma Krumpfling seinen Eierbecher aus dem linken Skistiefel Größe 48 geholt und in hohem Bogen in Dusselkurts Ölkanister geschleudert. Dazu keifte sie: „Ab jetzt trägst DU den Müll raus, du Katastrophenkrumpfling!“
Immerhin grinste Dusselkurt, der Müllmann der Krumpflinge, glücklich.
Während die Sippe beratschlagte, was als Nächstes zu tun wäre, schaufelte Egon die benutzten Krumpfteekrümelchen aus Oma Krumpflings Mülleimer in eine leere Blechbüchse. Dabei tropften dicke Tränen auf seinen haarigen Bauch. Er fühlte sich so ungerecht behandelt!

Es dämmerte bereits, als Egon keuchend die Büchse mit dem Teekrümelabfall nach draußen in den Garten schleppte. Der Müll sollte auf dem Komposthaufen im Nachbargarten entsorgt werden. Für den Dusselkurt mochte das eine leichte Aufgabe sein, denn der hatte Bärenkräfte. Aber der kleine Egon war schon nach ein paar Metern total erschöpft. Bei der Laube der Artichs konnte er nicht mehr. Er stellte die schwere Blechbüchse im Durchgang ab und verkrümelte sich in einer Ecke unter der Bank. Nur eine klitzekurze Verschnaufpause wollte er machen.

Albi will nicht wegziehen

„Ihr seid so was von fies!“, beschwerte sich Albi bei seinen Eltern. „Frettchenfies!“
Dann stampfte er wütend nach draußen. Seine Eltern hatten ihm beim Abendessen mitgeteilt, dass sie die Villa verkaufen und in eine schöne neue Wohnung ziehen würden. Ob er damit einverstanden wäre, hatten sie ihn natürlich nicht gefragt – das machen Eltern ja nie.
Und Albi war alles andere als einverstanden! Ausgerechnet jetzt, wo er endlich eine Freundin in seinem Alter gefunden hatte …
Ich werde mich ab sofort in der Laube verstecken, überlegte er, dann müssen sie ohne mich umziehen.
Der Plan war natürlich noch nicht ausgereift, aber Albi kam auch gar nicht dazu, ihn zu Ende zu denken. Denn auf der Schwelle des alten

Gartenhäuschens stolperte er über eine hübsche bunte Blechbüchse – Egons Komposteimer.
Für Albi wirkte diese Blechbüchse jedoch wie ein Überraschungsgeschenk! Neugierig schaute er hinein. Die Büchse war voll mit Krumpfteeabfall.
Wenn man Krumpfteekrümel aus dem heißen Wasser nimmt und wieder trocknen lässt, dann sehen sie ziemlich genauso aus wie brauner Kandiszucker.

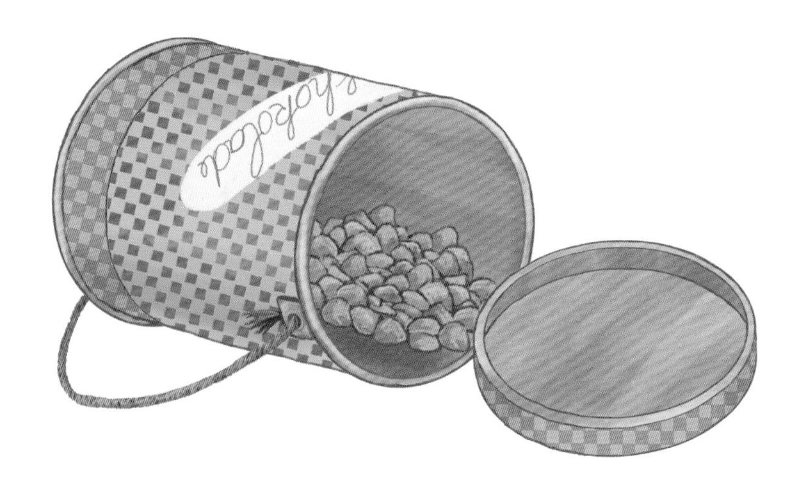

In Albis Augen war die Büchse also voll mit leckerem Kandiszucker. Genau die Sorte, mit der seine Mutter morgens ihren Tee süßte. Die Sorte, die so köstlich schmeckte. Also auch genau die Sorte, die er nicht einfach pur lutschen durfte. Seine Mutter konnte ihm den Zucker demnach nicht hingestellt haben, überlegte Albi. Sein Vater eher auch nicht, denn dann hätte er Ärger mit Albis Mutter riskiert. Es blieb also nur eine Möglichkeit: Die Dose Kandiszucker musste ein Geschenk von Lulu Vogelsang sein, dem Nachbarsmädchen!

Albi zögerte einen Moment – wegen der Zähne. Doch dann steckte er seine Hand in die Dose, nahm ein paar Stückchen Zucker heraus und stopfte sie schnell in den Mund. Es knackte und bitzelte auf seiner Zunge – süß und sauer zusammen. Gleichzeitig hörte er ein Stimmchen rufen: „Nein! Das darfst du nicht!“
Zuerst dachte Albi, sein schlechtes Gewissen würde zu ihm sprechen.
Doch dann rief die Stimme lauter: „Schnell, spuck‘s aus!“

Egon und Albi

Egon hatte von unter der Bank aus beobachtet, wie Albi nach den gebrauchten Teekrümeln in der Blechbüchse griff. Zwei Gedanken waren ihm gleichzeitig durch den Kopf geschossen:

Krumpfling-Regel Nr. 2 – Zeige dich nie einem Menschen! und
Krumpfling-Regel Nr. 3 – Pfoten weg von Krumpfteeabfall!

Und nun war ein Menschenkind dabei, ungesunde Krumpfteekrümel zu essen!
Welche der beiden Regeln jetzt die wichtigere war, hatte Egon nicht lange überlegen müssen, sondern gleich lauthals losgeschrien.
Als Albi aber trotzdem gleich noch eine zweite Handvoll vom Krumpfteeabfall in den Mund

schob, sprang Egon aus seinem Versteck hervor und kreischte entsetzt: „Spuck's aus, sonst bekommst du Bauchpropeller!"
„Hmpf?", fragte Albi.
Mehr konnte er nicht sagen, denn sein Mund war voll mit den köstlichen Kandiszuckerkrümelchen.
„Oma sagt, Opa Krumpfling hätte einen Löffel Teemüll gefressen, wäre in den Himmel geflogen und nie mehr zurückgekommen", erklärte Egon panisch. „Jetzt steck schnell den Finger in den Hals, damit du kotzen musst! Sonst gehst du auch in die Luft!"

Albi schluckte erst herunter und lachte dann überrascht das kleine haarige Wesen an. Er verstand nicht so richtig, was es von ihm wollte. Aber offensichtlich gehörte die Blechbüchse mit den braunen Krümeln ihm.
„Das Zeug schmeckt besser als alles, was ich kenne!“, versuchte er, den Kleinen zu beruhigen. „Und es macht gute Laune. Probier doch mal selbst!“
Egon beäugte Albi verwirrt. Wieso behauptete Oma Krumpfling dann das Gegenteil?
„Bist du sicher?“, fragte er.
Albi nickte kichernd.
Vielleicht hatte Oma Krumpfling den Teeabfall gar nie selbst gekostet ... Also leckte Egon tatsächlich vorsichtig an einem Krümelchen. Aber sofort wurde sein Bauch noch runder, als er eh schon war ... und dann pupste Egon wie ein Zwergelefant. Pfffffh.

Oma Krumpfling hatte natürlich wie immer recht: Krumpflingsbäuche können Krumpfteeabfall tatsächlich nicht verdauen. Aber eines wusste nicht einmal das erfahrene Oberhaupt der Krumpflinge: Bei Menschen hat der Teesatz eine völlig andere Wirkung. Weil die Krumpflinge ja alles Schlechte aus den Schimpfwörtern in ihren Tee brühen, bleibt im ausgelaugten Rest nur noch das reine Glück zurück. Was für die Krumpflinge eben schlecht verträglich, für Menschen aber wunderschön ist!

Deswegen kicherte Albi jetzt die ganze Zeit vor sich hin. Seine Traurigkeit von vorhin war plötzlich wie weggeblasen.

Egon fühlte sich verwirrt. „Was ist denn so lustig?“, fragte er empört.

„Du!“, sagte Albi und kicherte noch lauter. „Du siehst aus wie ein lebendiger Spinatknödel! Ein Spinatknödel mit Herzchenfleck.“
„Sag mal, spinnst du ein bisschen?“, wollte Egon wissen.
„Ja! Ich glaube schon!“, gackerte Albi und kringelte sich vor Lachen. Er wusste selbst nicht, was mit ihm los war.
Egon verschränkte die Pfoten, drehte sich um und schaute beleidigt in die Luft. Es war doch überall dasselbe: Alle lachten ihn aus!
Doch Albi nahm ihn einfach vorsichtig am Nackenpelz, hob ihn auf die Hand und beäugte ihn genauer. „Ich liebe Spinatknödel. Du bist

wirklich wunderhübsch! Und ich lache dich nicht aus, sondern an! Euer Krampfteesatz ist die reinste lol-Brause!“, versuchte er zu erklären. „Du weißt schon, lol, so wie die Abkürzung beim SMS-Schreiben. Die bedeutet, dass man sich vor Lachen wegwerfen könnte.“
Und dann prustete er von Neuem los.
Egon wusste zwar nichts von irgendwelchen SMS-Abkürzungen, aber er wurde trotzdem blau. Blau vor Freude. Albert hatte ihn „wunderhübsch“ genannt!
„Vielleicht bist ja doch ganz nett“, sagte er verlegen. „Ich heiße übrigens Egon. Egon Krumpfling.“

Nachdem sich Albi ausgekichert und ebenfalls vorgestellt hatte, erzählten sich die beiden ausführlich, warum sie nach Sonnenuntergang noch in der Laube der Villa Artich hockten und was für Probleme sie mit ihren Familien hatten. Ja, da gab es viele Ähnlichkeiten!
Und dann schmiedeten die neuen Freunde einen raffinierten Plan.

lol-Brause für müde Eltern

Noch vor dem Morgengrauen schlich Albi in die Küche. Dort nahm er die Kandiszuckerdose aus dem Geschirrschrank und vertauschte den Inhalt mit der lol-Brause. Egon hatte seinem neuen Freund die ganze Blechbüchse voll überlassen. Dann huschte Albi schnell wieder in sein Bett und tat so, als würde er schlafen.
Punkt halb sieben kam Rosalie Artich ins Kinderzimmer, weckte ihren Sohn und ging nach unten, um das Frühstück herzurichten.

Nicht viel später saßen alle drei Artichs um den Tisch im Esszimmer. Bertram versteckte sich hinter seiner Zeitung – wie neuerdings üblich. Albi löffelte nervös sein Müsli.

„Hast du gut geschlafen, Mama?“, fragte er vorsichtig.

Rosalie Artich nahm einen Löffel Kandiszucker in ihren Tee und rührte nachdenklich um.

„Hmm … Eigentlich schon. Ziemlich gut sogar. Komisch.“

Dann setzte sie die Tasse an die Lippen und trank den ersten Schluck.

Albi hielt die Luft an. Jetzt würde es sich zeigen, ob der Plan, den er mit Egon ausgeheckt hatte, auch funktionierte.

Bertram Artich sagte hinter seiner Zeitung hervor: „Herr Grün hat übrigens gestern Abend noch

angerufen. Er will gleich mit seiner Frau vorbeikommen, um den Kaufvertrag zu unterschreiben."
Seine Frau prustete los.
Bertram Artich legte die Zeitung beiseite und verzog säuerlich das Gesicht.
„Also wirklich. Das ist nicht komisch. Ich hänge am Haus meiner Ahnen."
„Und ich dachte, du sitzt darin. Woran hängst du genau?", zwitscherte Frau Artich und kicherte.
„An der Regenrinne? Oder am Schornstein?"
Die lol-Brause begann zu wirken!
Bertram Artich schaute verwirrt zu seinem Sohn, doch der beugte sich ganz tief über seine Müslischale.
„Machst du dich etwa über mich lustig? Ich spreche davon, dass ich eigentlich nicht gerne umziehen möchte", erklärte Herr Artich nun.
„Dein Anzug ist doch ganz in Ordnung!", stellte Frau Artich fest und lachte von Neuem los.
„Ich meine natürlich: AUS-ziehen", sagte Herr Artich.

„Um Himmels Willen. Die Grüns werden davonlaufen, wenn du ihnen nackig die Tür aufmachst“, sagte Rosalie und hielt sich den Bauch. So sehr musste sie glucksen.
Dann schenkte sie sich Tee nach und schaufelte Berge von Kandiszucker – also in Wirklichkeit lol-Brause – in ihre Tasse.
Aus den Augenwinkeln beobachtete Albi seine Mutter und zählte mit. Eins, zwei, drei, vier, fünf, sechs, sieben Löffel! Beim achten Löffel schwappte der Tee über den Tassenrand. Albi wollte schon aufspringen und aus der Küche einen Lappen holen, aber seine Mutter schlabberte die Teepfütze wie eine Katze mit der Zunge von der Tischplatte.

Herr Artich tippte sich mit dem Zeigefinger an die Stirn.
„Rosalie, hast du sie noch alle? Soll ich einen Arzt rufen?“
„Miau!“, antwortete Frau Artich kichernd und löffelte nun ihrem Mann Kandiszucker in seine Tasse. „Mein Süßer, schau doch nicht so sauer!“
Kopfschüttelnd zog Herr Artich seinen Tee zu sich.
In diesem Moment klopfte es laut an die Haustür. Man konnte es bis ins Esszimmer hören. Bertram Artich wollte aufstehen, um zu öffnen, aber Rosalie hielt ihn am Ärmel zurück.
„Was ist grün und klopft an der Tür?“, fragte sie grinsend.

„Was soll das denn jetzt wieder?“ Herr Artich rang verzweifelt die Hände. „Das sind natürlich Herr und Frau Grün. Ich habe dir doch eben erzählt, dass sie sich für heute Vormittag angekündigt haben!“
„Falsch. Neuer Versuch!“, sagte Frau Artich.
„Hast du vielleicht eine Idee, Albi-Spatz?“
„Ein Grünspecht?“, riet Albi.
„Falsch!“, rief Frau Artich. „Es ist: ein Klopfsalat!“
Und dann gackerte sie wie eine verrückte Henne über ihren eigenen Witz und erklärte: „Aber den lassen wir nicht rein! Wir mögen doch viel lieber Pommes!“
Herr Artich sah Albi mit hochgezogenen Augenbrauen an, doch Albi grinste breit. Alles lief wie

gewünscht! Jetzt fing Herr Artich nämlich auch an unsicher zu lächeln. Und dann begann er zu lachen.
„Was ist orange und rennt den Berg rauf und runter?“, fragte er und trank in einem Zug seine Tasse leer.
„Eine Wanderine!“, kreischte Frau Artich und rutschte vor Lachen fast von ihrem Stuhl.
Es klopfte lauter und man hörte die schrille Stimme von Frau Grün. „Haaallo!“, rief sie.
„Ist jemand zu Hause?“
„Schnell“, flüsterte Frau Artich, „wir verstecken uns.“
Und schon kroch Rosalie unter den Tisch. Auf allen vieren krabbelten Albi und Bertram hinter-

her und kauerten sich zu ihr.
„Warum verstecken wir uns eigentlich?“, fragte Herr Artich.
„Damit uns die beiden Salatschnecken nicht finden!“, erklärte Frau Artich.
Tatsächlich waren Herr und Frau Grün um das Haus herumgegangen und traten jetzt ins Esszimmer, denn dummerweise stand die Terrassentür weit offen.
„Huhu! Ist da wer?“, rief Herr Grün und blickte sich suchend um.
Da entdeckte er Frau Artichs Hinterteil, das unter dem Tisch hervorschaute.
„Wir sind da, um den Kaufvertrag zu unterschreiben!“, fügte Frau Grün hinzu.

„Sie wollen einen Kau-Vertrag?“, fragte Rosalie Artich von unter dem Tisch. „Da sollten sie lieber ins Restaurant gehen!“
Bertram und Albi grölten los.
Dann rief Herr Artich: „Oder ins Futterhaus. Dort gibt es leckere Nageknochen.“
„So eine Unverschämtheit“, meinte Frau Grün. „Diese Leute haben doch nicht alle Tassen im Schrank.“
Doch Herr Grün beugte sich unter den Tisch. „Wir hätten ihr Haus wirklich gern.“
„Wir haben es auch gern!“, gackerte Frau Artich. „Wissen Sie was? Sie können uns mal gern-haben!“, zischte Frau Grün. „Günther, wir gehen!“
Und damit rauschten die beiden durch die Terrassentür nach draußen.
Die drei Artichs lagen unter dem Tisch und lachten, bis sie nicht mehr konnten.
Dann fragte Bertram seine Frau: „Wieso hast du eigentlich deine Meinung wieder geändert, meine Liebe?“
Rosalie legte kichernd die rechte Hand auf Albis

linke Hand und ihre linke auf die rechte Hand von ihrem Mann.
„Mir ist gerade etwas klar geworden: Wenn meine beiden Bertis so am Haus ihrer Vorfahren hängen, dann will ich sie doch nicht hängen lassen“, sagte sie und gluckste leise. „Ich kann überall glücklich sein. Hauptsache, wir drei sind ein Team. Und wenn mein lieber Mann wieder schnarcht, kaufe ich mir eben Ohrenstöpsel.“

Alle sind glücklich, aber einer schimpft

Rosalie Artich musste natürlich keine Ohrstöpsel kaufen. Sie und Bertram Artich schliefen von da an völlig ungestört und keiner der beiden sprach je wieder vom Ausziehen. Albert Artich konnte mit Lulu Fußballspielen, soviel er wollte. Und dazu hatte er einen einzigartigen Freund gefunden. Egon war bollenstolz, als er sich in Albis Freundebuch einschreiben durfte. Oma Krumpfling erlaubte ihm außerdem, zurück in die Kindergießkanne zu ziehen. Schließlich mussten die

Krumpflinge ihre schöne Burg dank Egon nun ja doch nicht verlassen. Dusselkurt war eigentlich auch ganz froh, dass er wieder den Müll rausbringen sollte. Das Rentnerleben war ihm nämlich viel zu langweilig gewesen. So hätte die Geschichte gut zu Ende gehen können … Aber wenn nun alle so glücklich waren und niemand mehr stritt und schimpfte, woraus kochten sich die Krumpflinge denn dann ihren Krumpftee?

Na, ganz einfach! Nach jedem Zähneputzen rief Albi in den Ausguss des Waschbeckens die scheußlichsten Schimpfwörter, die ihm einfielen. Und weil Frau Artich darauf bestand, dass ihr Sohn nach jedem Essen Zähne putzte, musste Oma Krumpfling sich bald eine größere Vorratsdose für das Krumpfteepulver anschaffen!

Egon Krumpfling zu Besuch bei seiner Autorin Annette Roeder ...

Egon: Hallo, Autorin! Albi ist übers Wochenende bei seiner Tante in München. Da hab ich die Mitfahrgelegenheit genutzt, um mal bei dir vorbeizuschauen. Schließlich hast du mich ja erfunden und bist so etwas wie meine Mama!

Annette: Das ist ja nett! Leider habe ich keinen Krumpftee zu Hause. Aber magst du etwas zu essen? Vielleicht finden wir in der Obstschale eine schimmlige Zitrone.

Egon: Hm, lecker, richtig schön grünblaustaubig! (sieht sich um) In deinem Häuschen schaut's ja lustig aus, alte Möbel und viele Bilder an den Wänden. Ein bisschen wie bei Vogelsangs. Aber was ist das? Ein HUNDEKÖRBCHEN! Igitt!

Annette: Das gehört Karli. Meine Kinder sind gerade mit ihm Gassi.

Egon: Da habe ich ja Glück gehabt! Obwohl ich deine Kinder ganz gerne kennengelernt hätte. Helfen die dir eigentlich beim Geschichtenausdenken?

Annette: Klar! Ohne die drei wäre ich aufgeschmissen. Wenn ich nicht weiterweiß, frage ich einfach einen von ihnen. Die haben immer lustige Einfälle.

Egon: Soll das heißen, unsere Krumpfburg ist nur erfunden und das ganze Gerümpel gibt es gar nicht in Wirklichkeit? Darf ich mal deinen Keller sehen?

Annette: (wird rot) Ähm. Ich glaube, die Kinder kommen bald mit dem Hund zurück. Vielleicht ist es besser, wenn du jetzt wieder gehst ... (schiebt Egon Richtung Tür) Besuch mich doch bald wieder ... und grüß mir Oma Krumpfling!

Egon: Mach ich. Kannst du mir den Rest der Zitrone einpacken? Die ist wirklich lecker!